Nicolas SCHUMACHER

Ces désirs non révélés

DU MÊME AUTEUR
CHEZ LE MÊME EDITEUR

L'esclave de la réalité, 2011.

À cette personne qui a tout inspiré sans même le savoir

Parce qu'il ne faut jamais se faire d'illusions

AVANT-PROPOS

Parce que les erreurs ne sont pas forcément faites pour être réparées, mais tout simplement non reconduites. Parce que l'esprit peut être un ami intime, mais qu'il peut aussi tout détruire si on le laisse faire ce qu'il veut. Parce que notre cœur ne doit pas devenir nos yeux et parce que nos yeux ne doivent pas être notre imagination.

CHAPITRE PREMIER

Une question de besoin

Will Larkin commençait à être fatigué de marcher. Il avait mal aux pieds et froid aux doigts, mais pour autant il ne s'arrêtait pas. Il marchait depuis quelques heures déjà, se frayant un chemin à travers les différentes rues du centre-ville, passant même plusieurs fois dans certaines d'entre elles. Il aimait tout spécialement marcher sur les pavés des rues adjacentes à l'opéra, pour ensuite redescendre vers une petite place où se trouvait un café qu'il affectionnait particulièrement. Non loin de là, le « parc des souvenirs » se dressait comme un géant au milieu de la ville. Ce parc ne s'appelait pas réellement « le parc des souvenirs », mais Will se plaisait à l'appeler ainsi car ses plus beaux souvenirs dans cette ville s'étaient déroulés ici dans ce parc, « le parc des souvenirs ». Ce fut pour les souvenirs sans doute que Will décida de rentrer une nouvelle fois à l'intérieur. Il franchit les grandes et hautes grilles vertes de l'entrée, marcha sur le chemin de gravillons en dessous des branches de châtaignier et regarda vers le clocher de l'église voisine. Sa démarche était posée, légère, nostalgique... Il fit quelques pas et ensuite s'assit sur un vieux banc en pierre en forme de demi-lune, aux pieds d'une grande statue à moitié détruite. Il aimait cet endroit précis du parc, il y avait passé beaucoup de temps et pourtant, il ne connaissait pas l'origine de cette statue. En fait, ça n'avait pas d'intérêt pour lui, la seule chose qui lui importait, c'était le fait de se sentir bien. De ce banc en pierre, Will pouvait observer les deux chemins de part et d'autre du parc. C'était ce qu'il aimait en s'asseyant à cet endroit, le fait de pouvoir observer tout et tout le monde dans le parc. Cela pouvait aller de l'oiseau qui se posait sur le haut de la grille à la personne seule assise au bord de la pelouse, et aux couples enlacés qui se tenaient avec tendresse. Will pouvait rester ici des heures, et c'est exactement ce qu'il fit ce soir-là.

Quand le soleil commença à se coucher, il quitta le parc. Il avait alors deux solutions : marcher jusqu'à sa voiture et rentrer chez lui, ou aller chez Eleanor car il savait qu'elle serait chez elle à cette heure.

    S'il choisissait d'aller chez Eleanor, Will pourrait se réchauffer un peu, mais aussi se changer les idées. Il aimait les moments passés avec elle car il sentait une profondeur dans chaque discussion, même les plus banales. Eleanor faisait partie de ces rares personnes avec qui chaque discussion prenait du sens. Will apportait énormément d'importance à ça, car pour lui les seules conversations qu'il retenait étaient celles avec du sens. Évident, direz-vous ? En même temps pas tant que ça, quand on voit le nombre de paroles sans aucun sens que les gens retiennent…

    Will n'avait pas revu Eleanor depuis près de deux mois, une de leurs dernières rencontres s'était passée sur une terrasse de café. Ils avaient discuté d'un thème vague, mais existentiel. La place de la femme dans la vie de l'homme. Ils étaient restés presque tout l'après-midi à discuter de ça. Les cafés et les verres de blanc se succédaient, mais pour eux, cette discussion n'avait rien de long. C'était une discussion entre eux, une comme les autres. Ce soir, Will ressentait comme le besoin de voir Eleanor.

Accélérant le pas, il atteignit les quais rapidement, passa sur le pont principal et prit ensuite des petits raccourcis qu'il connaissait bien dans le but de gagner quelques minutes. Il passa ensuite sous les arbres de la grande rue perpendiculaire à la gare et là, il arriva devant l'immeuble qui portait le numéro 22. La porte de l'immeuble était ouverte, mais il voulut malgré tout sonner à l'interphone. Par respect sans doute, pour éviter de se présenter d'un coup à la porte de l'appartement. Personne ne répondit. Il décida donc de monter. L'escalier, l'ascenseur, l'ascenseur, l'escalier… Il prit l'ascenseur. Les deux étages à monter lui paraissaient trop hauts sans doute. Il appuya doucement avec son index sur la sonnette située à droite de la porte et attendit quelques instants. Après quelques secondes, il entendit des bruits de pas. Il remarqua qu'il y avait plusieurs personnes dans l'appartement avant même que la porte ne s'ouvre. Plusieurs questions surgirent alors dans la tête de Will. Avec qui était-elle, devait-il partir avant que la porte s'ouvre ? Le temps qu'il réfléchisse, le bruit de la serrure se fit entendre.

« Will, dit-elle. Quelle surprise !

— Je suis désolé, j'aurais dû appeler avant. »

Il recula d'un pas et semblait légèrement désorienté.

« Excuse-moi, Eleanor ! J'aurais dû insister sur l'interphone ! Putain, je suis désolé !

— Je ne pouvais pas répondre. »

Quand Eleanor termina sa phrase, Will leva la tête et remarqua qu'elle était légèrement décoiffée et qu'une odeur masculine ressortait de ses vêtements. Alors il se sentit gêné, il fit de nouveau un pas en arrière.

« Tu peux m'attendre au café à l'angle de la rue ? J'en ai pour pas plus de dix minutes, Will.
— Je suis désolé. Putain, je n'aurais pas dû passer chez toi comme ça ! Je suis désolé.
— Arrête d'être désolé, j'arrive dans pas longtemps, promis.
— Ouais, O.K.... »

Il se retourna et, avant même qu'il atteigne la première marche de l'escalier, la porte s'était refermée. Il se retourna lentement, fixa la porte puis se tourna de nouveau pour entamer la descente des deux étages. Le temps semblait soudain s'arrêter pour Will. Énormément de choses lui passaient par la tête à ce moment-là. Avec qui était Eleanor dans l'appartement ? Devait-il aller à ce café de l'angle de la rue ? Une fois en bas de l'immeuble, il décida quand même de se rendre dans ce café. Il marcha la petite centaine de mètres qui le séparaient du bar et s'installa à une table en terrasse. Cette dernière était totalement vide, la salle à l'intérieur n'avait pas l'air très remplie non plus.

Will s'alluma une cigarette et commanda au serveur un verre de muscadet. Will aimait boire ce vin, c'était un des rares vins qu'il aimait de toute façon. Will fumait toujours très vite ses cigarettes, du moins c'était ce que les gens lui disaient, mais il ne comprenait pas quand on lui faisait la remarque. En revanche, il était toujours assez lent pour boire un verre. Il aimait quand le goût du vin restait un certain moment en bouche. Et après chaque gorgée, il appréciait tirer sur sa cigarette. L'alcool et le tabac, deux choses pour le moins dangereuses pour la santé, mais ça, Will s'en foutait complètement. Certaines personnes lui disaient : « Pourquoi tu n'essayes pas d'arrêter ? C'est mauvais pour ta santé. » Alors il répondait : « La connerie des gens est sans doute plus dangereuse que cette cigarette, et pourtant on continue de l'entendre à longueur de journée. » Réponse expéditive qui voulait dire : « Me faites pas chier et arrêtez de vous occuper des autres. » Will détestait que l'on s'occupe de sa vie. Il répétait souvent que les gens qui essaient de prôner une certaine morale ou un certain discours devraient tout d'abord se regarder dans un miroir. Personne ne peut donner de morale à personne, voilà ce que pensait Will. En attendant, toutes ces choses étaient sans importance pour lui. La seule chose qui lui importait était cette situation de tout à l'heure avec Eleanor. De toute évidence, un homme était présent chez elle. Will ne savait pas pourquoi, mais visiblement ça le faisait chier. Pourquoi ? Lui-même n'avait pas l'air de savoir pourquoi. Eleanor et lui n'avaient jamais eu de relation de couple ni même d'amants. Après un peu plus de cinq minutes, Eleanor n'était pas arrivée. Normal, elle avait dit qu'elle arriverait dans une dizaine de minutes. Will écrasa sa cigarette dans le cendrier, but la dernière gorgée du verre de vin, posa un billet sur la table et s'en alla sans attendre sa monnaie. Il posa ses lunettes de soleil noires sur son nez et avança dans la rue sans réfléchir à sa prochaine destination. Il marchait droit, ne détournait pas son regard, comme si rien ne se passait autour de lui. Le vent frais qui faisait rougir ses joues, le bruit des travaux d'un chantier voisin, rien ne pouvait le déstabiliser. Il avait marché comme ça pendant une vingtaine de minutes sans savoir où il allait ni pourquoi il était là à marcher ainsi dans la rue.

Il s'arrêta presque d'un coup, regarda l'heure sur sa montre, comme si le temps était déterminant. En réalité, ce n'était pas le cas. Will ne voulait plus être esclave du temps, depuis quelque temps il n'y prêtait plus aucune importance. Depuis, Will avait changé, mais dans quel sens, le bon ou le mauvais ? Qui sait… Désormais, ses montres servaient juste à se coordonner avec ses chemises. Le temps n'était plus un besoin, mais juste une présence au cas où. Au cas où il voudrait s'en servir, se repérer par rapport à d'autres.

CHAPITRE II

Premier amour

Dehors il faisait nuit depuis quelque temps maintenant. Les rues se vidaient des voitures et les piétons commençaient à prendre place. Le bruit des moteurs et des portes qui claquaient avait laissé place aux bruits des bouteilles abandonnées sur le sol, des rires trop forts et des discussions privées qui avaient un volume si important que l'on aurait pu croire à un meeting de politicien en campagne. C'était à ça, la nuit, que lui faisait penser la rue. Lui, il était là à sa fenêtre, fumant sa cigarette. Il apercevait, mais n'observait pas, il entendait, mais n'écoutait pas. Son esprit était ailleurs. À cet instant précis, son esprit était avec les Cure et la chanson « If only tonight we could sleep »[1]. Will aimait beaucoup cette chanson, il aimait l'écouter à la nuit

---

[1] The Cure : groupe de rock britannique. « If only we could sleep » est extrait de l'album *Kiss me Kiss me Kiss me* sorti en 1987.

tombée. Pour lui, elle n'avait pas le même charme de jour. Il avait toujours préféré écouter les chansons la nuit, il arrivait à mieux « entrer » dans la chanson, comme il disait. La nuit, Will avait une autre passion, l'écriture. Depuis son plus jeune âge, il écrivait des textes. Tout avait commencé un peu avant ses dix ans, lorsqu'il accompagnait son père à des séances d'écriture dans sa ville de naissance. À cette époque, il n'avait pas encore d'idée précise lorsqu'il commençait à écrire, il écrivait comme ça, juste pour le plaisir. Ce qui lui avait donné envie de commencer ? Sans doute voir son père enfermé dans son bureau à écrire pendant des heures. Déjà, petit, Will trouvait que la situation portait un certain charme. Encore aujourd'hui, il se souvenait très bien de ce bureau, avec cette grande bibliothèque remplie de livres, sans doute même trop remplie, de cette moquette pourpre et de ces crayons posés sur des feuilles de papier. Cela l'attirait pour plusieurs raisons, en réalité. La première était indiscutablement l'idée de trouver une échappatoire à la vie monotone et triste du quotidien. Un moyen de s'évader, comme aller voir ailleurs. Ce pouvoir que semblait avoir l'écriture sur son père l'avait toujours intrigué au plus haut point.

La seconde raison qui poussa Will à essayer d'écrire était plus visuelle. Il aimait cette image d'une personne qui pouvait rester des heures dans une lumière sombre, avec pour seule compagnie un crayon, du papier et parfois un bon disque. Il se demandait comment quelqu'un pouvait rester des heures comme ça. Ce fut à partir de là que sa relation avec l'écriture commença. Cette relation fut légèrement rompue durant ses études, mais son envie était malgré tout toujours présente. Mais écrire pour écrire n'intéressait plus Will, désormais ce qu'il voulait, c'était connaître l'avis des gens sur ses textes. Chose étonnante quand on sait que pendant des années, jamais personne n'avait eu le droit de lire ne serait-ce que quelques lignes. La raison de ce changement ? Il n'en trouvait pas précisément, la maturité sans doute... Will avait publié son premier livre il y avait maintenant huit ans. À l'époque, quand Will décida de se faire publier, la seule envie qu'il avait était de tenir entre ses mains un « vrai » livre, avec son nom apposé sur la couverture. Ce n'était pas un bon livre. Pas assez recherché, pas assez long, mal fini... Voilà ce que Will vous répondrait si vous parliez avec lui de son livre. En revanche, ce premier livre était d'une honnêteté des plus pures. Il avait écrit ce livre du début à la fin en pensant, à l'époque, à une personne qui était très chère à son cœur. Ce livre était une sorte d'hommage. Moins de dix, c'était le nombre d'exemplaires vendus de son premier livre. Mais ça, Will s'en foutait. Encore aujourd'hui, quand il parlait de son premier livre, voilà souvent ce qu'il disait : « Je n'ai pas eu la prétention de le faire subir à la population en l'imposant. » Une manière de cacher le fait que ce livre était d'une très grande médiocrité ? Sûrement. Mais, même si aujourd'hui il désirait avoir des avis sur ses écrits, Will n'arrivait toujours pas à en parler. Quand on lui demandait de quoi parlaient ses textes, il n'arrivait jamais à trouver les mots. La plupart du temps, il commençait des phrases qu'il ne finissait pas, ne trouvait pas ses mots, bafouillait, ce qui avait souvent pour effet de faire rire son interlocuteur. Et, pour le coup, ce n'était pas qu'il ne voulait pas en parler, mais bien qu'il n'y arrivait tout simplement pas.

Les heures avaient passé, il était près de trois heures du matin. Will ne dormait toujours pas. Cinq cigarettes, autant de verres de blanc, deux playlists sur son ordinateur, voilà ses occupations de la nuit. Il ne savait pas pourquoi, mais il eut envie d'envoyer un message sur le portable d'Eleanor : « J'espère que je vais pas te réveiller et que tout va bien pour toi ». Heure du message : 3 h 08 du matin... Il n'attendait aucune réponse à ce message, ce message était juste un moyen pour lui de combler sa solitude de la soirée. Comme si ce message représentait une conversation à lui seul. Depuis quelques jours, Will ressentait comme un certain changement dans sa façon d'être, dans sa façon d'appréhender la vie, le quotidien. Ce changement était arrivé suite à plusieurs conversations avec Eleanor. Même si cela faisait presque deux mois qu'ils ne s'étaient pas vus, il gardait en mémoire certaines paroles qu'elle avait eues envers lui. Des paroles qui, sans le savoir, allaient tout changer pour Will. Depuis, il ressentait des sentiments différents pour Eleanor. Ce n'était pas de l'amour, mais ce n'était pas non plus de l'amitié, du moins pas comme les autres qu'il pouvait avoir.

 Will était assis dans son canapé en cuir marron, son ordinateur portable sur ses genoux, il essayait de travailler à l'écriture de ce qu'il voulait être son nouveau livre.

 Mais il n'y arrivait pas. Il n'arrivait pas à retranscrire sur les pages ce qu'il avait en tête. Son esprit dérivait vers sa dernière conversation avec Eleanor, ce dernier moment passé avec elle. Il posa l'ordinateur sur le coussin qui se trouvait à sa droite, se redressa et leva les yeux au ciel. Un mouvement habituel chez lui, certaines fois même trop présent. Il aurait aimé ne pas y penser autant, mais ne voyait pas comment ne pas attacher une telle importance à cette dernière rencontre. Une rencontre pourtant tout ce qu'il y avait de plus banale. C'était un soir, il faisait froid. Will était chez un ami avec un autre copain d'université. Ils buvaient quelques verres de vin en discutant des souvenirs des cours et du fait qu'ils devaient maintenant essayer de se voir plus souvent. Pendant cet apéro, Will échangeait par SMS avec Eleanor : « Si tu veux je suis dans le coin, si tu veux on peut se voir rapidement », c'était le message que Will lui avait envoyé. Et un échange de messages se créa pendant la soirée. Will quitta plus tôt que prévu la soirée et partit chez Eleanor pour lui rendre visite. Il n'avait encore jamais été chez elle. Une fois là-bas, il prit un café et commença à parler avec Eleanor. Les rires, les sourires, les petites moqueries défilaient, les minutes aussi. Rien à déclarer d'extraordinaire. Et pourtant… Et pourtant cette soirée, ces échanges, ces rires… ce tout avait fait changer Will. Il s'était alors rendu compte qu'il ne s'était pas senti aussi bien depuis longtemps. On ne parlait pas d'amour, on ne parlait pas d'amitié, c'était autre chose…

Il sauvegarda ce qu'il avait déjà écrit, ferma son ordinateur portable. Il se leva et, l'espace d'un instant, il se demanda même s'il ne se servait pas de cette dernière rencontre avec Eleanor pour ne pas avancer sur son projet de livre. Non. Il avait cette envie d'écrire, cette envie d'aller jusqu'au bout des choses. Cette envie d'enfin peut-être écrire quelque chose de bien, qui vaille le coup d'être lu.

Il sortit une cigarette, chercha ses allumettes dans sa poche, se pencha à sa fenêtre et déclencha la lecture d'une musique dans ses écouteurs. Alors qu'il écoutait la musique, le visage d'Eleanor lui vint en mémoire. Comme une apparition soudaine. Des fragments de conversations, des flash-back de situations. Il sourit à ces souvenirs, les laissa lui tenir compagnie sur ce rebord de fenêtre.

CHAPITRE III

Le temps de la maturité

Will ouvrit les yeux. Le soleil était déjà bien levé. Will dormait les volets ouverts. Il n'aimait pas se réveiller dans le noir. Peut-être la peur de ne pas se réveiller ? Bref... Il se leva et ouvrit la porte qui reliait sa chambre à la pièce principale de son 38 m². La lumière du jour était déjà très puissante, on se serait cru presque à midi. Il regarda l'heure sur une de ses montres posées sur la table, pour se rassurer. Il n'était que 9 h 45. C'était déjà tard pour lui. Même un jour où il n'avait rien à faire de vraiment précis.

Il pressa le bouton de sa machine à expresso, il fronça les sourcils, trop de bruit dès le réveil. Will n'aimait pas le bruit lorsqu'il n'avait pas de raison d'exister. Vous allez me dire : « Dans quelle situation le bruit a-t-il une raison d'exister ? » Je n'ai pas cette réponse, et à part Will, je ne pense pas qu'un grand nombre l'ait...

Il s'aperçut qu'Eleanor avait laissé un message sur son portable. Il mourait d'envie de le lire, mais posa son téléphone sur la table sans le regarder, le temps de boire son café. Il le lirait tout à l'heure. Plus tard. Pour le moment, il était comme étourdi, troublé, peut-être aussi par le manque de sommeil.

Il redressa l'écran de son ordinateur portable, ouvrit ses mails. De la pub, un mail d'un mec du lycée qu'il n'avait pas revu depuis un peu plus d'un an, de la pub, un autre mail de son père auquel il ne comptait pas répondre, encore de la pub. Il ferma son écran, ouvrit sa fenêtre et fuma une cigarette. Elle lui donnait mal au cœur, mal au ventre, presque l'envie de vomir, il l'écrasa dans le cendrier qui était sur le rebord de la fenêtre. Il était un peu plus de 10 h lorsque son portable sonna. Mathew. Il décrocha. Mathew était une personne du cercle très fermé des amis proches de Will. Ils s'étaient connus au lycée, s'étaient perdus de vue pendant un peu moins de deux ans et, depuis quelque temps, ils avaient repris contact. Will et Mathew avaient toujours eu une relation amicale particulière. Ils ne s'étaient jamais engueulés, ils pouvaient s'appeler à n'importe quelle heure, l'autre répondait toujours. Ce n'était pas une relation entre meilleurs amis. Will, de toute façon, n'aimait pas cette expression, « meilleur ami ». Pour lui, un ami ne pouvait pas être meilleur qu'un autre. Il pouvait être différent, mais certainement pas meilleur. Il ne pouvait pas évaluer ses amis comme on pourrait évaluer la qualité d'un vin. Et encore, même pour cet exemple du vin, Will était incertain de la pertinence de l'expression.

Quelques minutes plus tard, Will raccrocha le téléphone et le posa de nouveau sur la table. Mathew l'appelait pour l'inviter à boire un verre. Aujourd'hui, c'était l'anniversaire de Will. Il aurait aimé ne pas y penser et faire comme s'il avait oublié. Ce n'était pas le cas. Du coup, il remercia bêtement. Oublier son propre anniversaire, une envie étrange et pourtant, c'était ce que Will aurait aimé vivre. Mais peut-être était-il encore trop égocentrique pour ça. Pour Will, le fait de penser à son propre anniversaire ressortait comme une sorte d'égocentrisme, de prétention... Mais en fin de compte, quel était le pire : l'égocentrisme ou la fausse modestie ?

Après s'être préparé pendant près d'une demi-heure, Will s'apprêta à partir rejoindre Mathew.

Il attrapa son manteau, ferma la porte de l'appartement, prit la direction de la ville.

Après avoir marché, pris le métro, marché de nouveau, Will arriva au café où il avait rendez-vous avec Mathew. Will était en avance d'une dizaine de minutes, comme à son habitude. Pour lui, être à l'heure c'était être en avance. Il s'installa à une table en terrasse. Il faisait froid, la température d'un midi de décembre, mais le soleil était là, heureusement. À une table proche de la sienne, un jeune couple était installé. Sur la table, deux verres de rhum, un cendrier, du tabac à rouler, des feuilles slim et une boîte d'allumettes d'un bar voisin. De sa place, Will pouvait les voir rouler un joint avec précision et concentration, comme s'il s'agissait d'une réalisation délicate. Cela fit sourire Will, qui s'alluma une cigarette et tourna la tête dans une autre direction. Will ne s'était jamais drogué et ne voulait pas essayer. Pour lui, le tabac était plus un moyen d'occuper le temps, de créer une ambiance. Une fois, Will était resté trois jours sans dormir, juste à titre d'expérience. C'était ce qu'il avait connu de plus similaire à la défonce. Une défonce plus poétique, plus cérébrale peut-être…

L'heure fixée pour son rendez-vous avec Mathew était arrivée. Mathew n'était toujours pas là. Will reprit un verre de vin pour patienter, tourna la tête, le couple était encore là. Ils n'étaient que trois en terrasse, de toute façon : le couple et Will. Le temps passait, Mathew n'arrivait pas, quand d'un coup le portable de Will se mit à vibrer sur la table. Il décrocha. C'était Mathew, il était dans un autre bar, il avait oublié de prévenir Will qui lui lança un : « Tu m'emmerdes », avant de raccrocher et de prendre sa veste pour le rejoindre. L'autre bar n'était pas très loin, quatre rues à peine, peut-être cinq. Ce n'était pas le fait de se déplacer qui contrarierait Will, mais de ne pas avoir été prévenu. Le vin du premier bar était bon, c'était déjà ça, se disait Will.

À peine cinq minutes plus tard, les deux amis se retrouvèrent devant l'autre bar. Mathew était là, adossé contre le mur de l'établissement, à fumer une cigarette. Mathew était une personne assez petite, pas plus d'un mètre soixante-dix, des yeux bleus, des cheveux bruns toujours bien coiffés et un style vestimentaire toujours à la mode. Mathew apportait beaucoup d'importance à son image, à ce que les gens pouvaient penser de lui rien qu'en le regardant. Dans un sens, Will avait un peu la même façon de penser, mais il existait malgré tout des différences. Par exemple, Will se foutait complètement de la mode, il aimait un style assez classique et plutôt sombre. Mathew était beaucoup dans la couleur et les accessoires brillants. Ils se firent une bise, entrèrent dans le bar et s'installèrent à une table. Ils commencèrent à discuter, le serveur apporta deux bières.

« William, combien de temps que l'on n'a pas pris une bière juste toi et moi pour discuter ?

— Tu sais que j'ai arrêté de compter. Je ne tiens pas les comptes pour ce genre de choses.

— Qu'est-ce que tu deviens ?

— Ce que je deviens ? Ben... »

Will n'eut pas le temps de finir sa phrase que Mathew commençait à lui parler de Claire.

« Et avec Claire, que s'est-il passé ? J'ai appris ça il y a peu de temps.

— Cela fait bientôt quatre mois, Mathew.

— Et pourquoi ?

— On est obligé d'en parler ? Il fallait me prévenir, j'aurais laissé ma motivation chez moi en partant !

— T'énerve pas, je demande ça pour avoir des nouvelles.

— Il y a plusieurs raisons à notre séparation et à la fois je me demande encore pourquoi. Mais je n'ai franchement pas envie d'en parler et d'y repenser. Apparemment, Claire n'y pense pas, n'y a pas pensé longtemps en tout cas, donc je ne vois pas pourquoi je devrais être la seule personne à penser à notre relation quand tout le monde s'en fout complètement. Visiblement, ça n'a choqué personne que l'on se sépare, personne n'a cherché à savoir comment j'allais parmi les amis que l'on avait en commun donc, non, aujourd'hui je ne veux plus y penser. Ça fait chier, mais c'est comme ça. Avancer tout en regardant en arrière est une chose que je n'arrive pas encore à faire. »

La discussion sur le sujet s'arrêta au moment précis où Will finit sa phrase. Ils restèrent un peu plus d'une heure à discuter tous les deux dans ce bar. Les autres conversations se passèrent dans une ambiance déjà plus détendue...

Mathew quitta le bar pour son entraînement de foot. Will, lui, resta boire encore un dernier verre. Il sortit de sa poche un petit carnet à couverture en cuir noir, il prit son crayon et commença à écrire quelques phrases, quelques idées. Sans le savoir, Will venait de tourner la page « Claire » lors de cette discussion avec Mathew.

CHAPITRE IV

Le théâtre des rêves

Plus tard, au fond de son canapé, dans l'obscurité d'un début de soirée d'hiver éclairée à la bougie, Will pensa à écrire à Eleanor, à ce qu'il avait envie de lui dire, ce qu'il n'oserait sans doute pas lui dire.

Lorsque Will voulait dire des choses qu'il savait impossibles à entendre pour Eleanor, il écrivait dans un carnet. Il écrivait ses conversations comme si Eleanor allait les lire, sauf qu'en réalité, personne à part lui ne les lirait jamais. Il rêvait d'un jour lui donner le carnet, lui dire : « Tiens, c'est pour toi » et disparaître à jamais pour la laisser digérer ce qu'elle avait lu.

Il s'était souvent imaginé des conversations entre lui et Eleanor. Des discussions où Eleanor aurait tout compris, compris le regard de Will pour elle, ce qu'il pensait, ce qu'il voyait à travers elle. Il se les figurait ainsi :

« Je m'en fiche carrément si c'est vrai. Tu sais que je ne vois pas les choses comme ça, les choses comme toi. Ça ne changera pas comment je me sens. Tu peux essayer, mais tu ne réussiras pas, tout ce que tu gagneras va te servir à me perdre. Tu es trop vieux pour rêver, tu n'as plus le droit de penser aussi vite, tu n'es pas ce que je recherche. D'ailleurs, arrête de vouloir être quelque chose que l'on recherche. Ne te fais pas d'illusions, n'essaye pas de traduire chaque expression du visage, un sourire peut certaines fois ne signifier rien d'autre qu'un sourire. Ne te fais pas d'illusions et ne te leurre pas, car c'est toi qui pleureras après. Cela ne m'empêchera pas de dormir, est-ce que ce sera ton cas ? Je ne suis pas la personne que tu penses, je suis la personne que tu as rencontrée trop tard dans ta vie. Je suis juste là, à ma place. C'est la réalité des choses, n'espère rien de moi car tu n'auras rien. La solitude de quelqu'un n'a jamais été une attirance pour moi, sans doute pour pas grand monde, d'ailleurs. Ta solitude présente entraînera ta solitude future. Combien de maux ont détruit ton cœur ? Combien de questions ont pollué tes pensées ? Je ne veux pas le savoir, car je ne veux pas rentrer dans ce jeu-là avec toi. Pas avec toi... »

Will n'était pas optimiste en ce qui concernait la réaction d'Eleanor. Mais pour autant, ce n'était pas de l'amour qu'il ressentait. C'était une attirance étrange qu'il n'expliquait pas. Quelques minutes plus tard, il écrivait ceci dans son carnet :

« Je n'arrive pas à dire les choses, les mots mettent du temps à venir même si les idées, elles, sont bien là. Peut-être qu'un jour je serai cet homme étrange, cet homme comme venu de l'espace que tu aimerais découvrir un peu plus dans l'intimité, un peu plus dans la profondeur. Tu sais que je peux parler sans artifices, mais que je ne le fais pas pour tout le monde. Peut-être que l'on ne s'est pas rencontrés dans les bonnes conditions, le temps est ce qu'il est et ce qu'il a fait de moi. Il n'y a pas de nous, seulement dans mon esprit. Mais quel pouvoir a l'esprit dans le monde de nos jours ? Un esprit ne vaut plus rien et peut s'échanger comme toute autre chose au marché noir. Aujourd'hui je te retiens dans ma tête, mais pour encore combien de temps ? Tu ne sais pas ce que j'ai pensé après nos premières discussions, alors je vais te le dire. J'ai pensé que les gens comme toi étaient rares. Et le plus beau, c'est que tu l'ignores, que tu penses être comme tout le monde. Si c'est le cas, je suis juste un idiot qui ne voit rien. Mais si c'était vrai, alors cela aurait pu être le premier jour du reste de ma vie, lors de cette première discussion. Je n'arrive pas souvent à dire les choses lorsque je suis troublé. Tu sais, tu es quelqu'un de spécial, d'authentique. J'aimerais être spécial. Être cette personne qui te fait avancer dans la brume épaisse du quotidien. Celui avec qui tu pourrais avancer dans le noir sans prendre peur. Mais ce n'est pas le cas et je ne sais pas ce que je fais là. Il n'y a pas de surprises, juste des idées. »

Quand Will termina sa phrase, une fine larme vint s'écraser contre la feuille de papier. Il ne l'avait pas vue. Il ferma le carnet, emprisonna ses idées et figea cette larme sur sa fin de phrase.

Dehors, l'obscurité du début de soirée avait laissé la place à un ciel noir tapissé d'étoiles. Quand Will regardait les étoiles, cela lui faisait penser à son adolescence. Plus jeune, il se posait beaucoup de questions sur l'existence des étoiles. Mais il ne voulait pas de l'explication scientifique. Son père, passionné d'astronomie, lui avait expliqué que c'était initialement de l'hydrogène et de l'hélium. Pendant des heures, son père s'était lancé dans des explications purement scientifiques. Sans intérêt pour Will. Il avait une autre version. Une version sans doute trop immature pour beaucoup de gens s'il en avait parlé... Will se plaisait à imaginer que dans chaque étoile se trouvait l'esprit d'un grand artiste. Un peintre, un musicien, un écrivain, un anonyme tout comme une personne célèbre.

Pour Will, le musicien de la rue y avait autant sa place que le chanteur du plus grand groupe de rock au monde.

Le regard de Will se portait souvent sur le ciel lors de ses moments de doute, de questionnement. Il se plaisait à se perdre dans cette étendue de couleurs, de formes. Un lieu de rencontre entre ces formes qui se croisaient, qui disparaissaient et qui se reformaient. Un lieu de création, d'échange, d'imagination. Will appelait souvent le ciel le « théâtre », le « théâtre des rêves ».

CHAPITRE V

Encore un peu de feeling

La nuit fut compliquée pour Will, ses yeux étaient presque morts, il ne pouvait pas sortir de son lit, et pourtant il n'avait pas trouvé le sommeil. Il s'était assis pour ensuite s'habiller, le rythme était lent, la démarche était mal assurée. Il se regarda dans le miroir, il ne vit pas grand-chose dedans. Des yeux cernés, des traits tirés, une loque. Il ne se regardait pas dans les yeux, ne voulait sans doute pas voir la réalité en face. La réalité d'une solitude qui commençait à lui peser et qui devenait trop présente, trop intime. Il se dit qu'il devrait peut-être en parler, mais à qui ? Au fond, il savait que tout le monde n'en avait rien à foutre. Qui voudrait voir ce visage décharné ?

À force de rester devant le miroir, Will commençait à s'y perdre dedans. Il se mit à se remémorer le temps passé, le temps avec Claire. À l'époque, le bonheur était facile, l'amour simple, lumineux. Au cours de cette relation d'amour, il avait été transfiguré : William n'était plus Will.

Et puis il y avait eu l'épreuve du temps. Ces changements de part et d'autre qui avaient fait que l'un et l'autre n'étaient plus pareils. La folie de la circulation des idées, le déferlement de pensées pour essayer d'améliorer les choses, les : « Si on se donne du temps, ça peut aller mieux ». Mais tous les chemins de la vie ne menaient pas au même endroit. Le temps lui avait fait comprendre que l'on ne pouvait pas vivre à travers ce que l'on voulait laisser voir de soi. Formidable, heureux, amoureux… Tant d'adjectifs qualificatifs que chacun voulait envoyer aux yeux des autres quand on parlait de sa vie… Mais est-ce que tout ça pouvait nous procurer un sentiment d'existence vrai, de liberté ? On rentrait à la maison le soir, les choses se normalisaient, s'ordonnaient. Le lendemain, des messages s'échangeaient. Peut-être se parleraient-ils de leurs matinées. Et le soir, que pourraient-ils se dire ? Peut-être qu'ils ne se parleraient que peu, finalement. Mais ils feraient semblant, peut-être juste elle, finalement.

Ils s'endormiraient, ne rêveraient plus l'un de l'autre, ne se toucheraient plus comme avant. On dirait qu'elle était presque heureuse. Presque.

Will n'avait pas dû entendre le vibreur de son téléphone tôt ce matin. Eleanor lui avait envoyé un SMS. Un simple : « Tu es dispo pour boire un verre ? » Un simple : « Oui où et quand ? » s'ensuivait. Eleanor et Will n'échangeaient que des SMS, ils ne s'appelaient jamais. Peut-être aurait-il préféré. Peut-être trouvait-il un manque dans le SMS. Un manque de personnalité, de charme, d'authenticité. Il manquait cette voix, ce souffle quand on respirait, cette transparence que ne pouvait avoir le SMS. Will aimait se concentrer sur la voix des gens. De la voix sans corps, indécise, un peu nasillarde à celle plus franche, bien frappée, en passant par celle plus humble, un peu floue, il aimait les entendre.

La réponse d'Eleanor arriva quelques minutes plus tard. Ils devaient se retrouver dans deux heures dans un café non loin de l'opéra.

Il prit sa douche, se prépara, coiffa ses cheveux, plutôt par besoin plus ou moins conscient de faire bonne figure, de ne pas paraître trop marqué par la fatigue. Il était heureux de revoir Eleanor, malgré la dernière rencontre au seuil de la porte… Il ne voulait pas rester sur cette image. Il ne pouvait pas faire comme s'il n'avait rien vu, rien entendu, et pourtant c'était ce qu'il voulait. Pour une fois, Will ne voulait pas vivre avec le passé. Les raisons de ce changement ? Même lui ne les connaissait probablement pas. Il se lava les mains, retourna dans la pièce principale, se fit couler un café.

Là, on sonna à la porte. Il la regarda un instant. Il n'attendait personne. De toute façon, peu de gens savaient où il habitait. On frappa, cette fois. Il mit malgré tout ses chaussures. Le souci du détail, sans doute. Il avança vers la porte, tourna la clé dans la serrure. Il entendit le verrou se décoincer, il appuya sur la poignée, la porte s'ouvrit petit à petit.

Devant lui une jeune femme, les cheveux noirs, les yeux marron. C'était Eleanor. Will était très surpris de cette visite, surtout qu'ils devaient se retrouver en ville. Il était rassuré que ce soit elle. Ils se regardèrent un instant, ne parlèrent pas, prirent la mesure l'un de l'autre. Eleanor lâcha après un peu moins de trente secondes : « Tu me fais pas entrer ? » Il s'écarta, elle entra.

Elle observa autour d'elle avec ce regard, comme si elle revenait d'une longue absence. Eleanor n'était jamais venue ici. Will ne savait même pas comment elle avait trouvé son adresse.

« C'est sympa chez toi. »

Will acquiesça et prit sa tasse de café. Il mit deux sucres à l'intérieur, le remua. Il s'adossa à un meuble, Eleanor tourna un peu dans la pièce

principale. Il la regardait. Elle observait. Elle observa ses tableaux, ses photos, son drapeau. Ce grand étendard royal britannique. Il était beau, ce drapeau... Elle se rapprocha de la fenêtre, regarda la rue, se retourna vers Will.
« T'as un truc à boire ? Genre comme toi c'est pas mal.
— Sucre ?
— Un. »

Il posa sa tasse, fit couler un café, plongea un sucre, plongea une cuillère. Il fit trois pas en avant, le tendit à Eleanor. Elle s'assit dans le canapé de cuir marron, posa le café sur la table basse, leva les yeux et regarda les murs.
« C'est vraiment sympa chez toi. »

Un air de déjà-entendu. Will ne répondit rien à cela.
« Je sais ce que tu penses, Will. Tu te dis : qu'est-ce qu'elle fait là, assise dans mon canapé, d'ailleurs comment elle a eu mon adresse ? C'est à peu près ça, non ?
— C'est ça. »

Eleanor sourit, but une gorgée de café, reposa la tasse, ouvrit un livre qui était posé à côté d'elle.

« Ton adresse n'est pas si difficile à trouver. Moins qu'un taxi à la sortie d'un bar, on va dire... Et si je suis passée, c'est justement pour découvrir dans quoi tu vivais. Ton décor, ton ambiance, ce qui t'inspire à écrire.

— Ce qui m'inspire ne se résume pas à ça...

— Je le sais, oui. Je sais ce qui t'inspire aussi et c'est aussi pour cela que je suis là. J'aimerais que tu ailles mieux. Je sais que tu n'es pas vraiment heureux.

— Merci, mais ça va mieux qu'avant. »

Eleanor ferma bruyamment le livre, le posa sur la table basse et fixa Will dans les yeux.

« Mieux ne veut pas dire bien. Tu as peut-être retrouvé le sourire en société, un soupçon d'attitude positive dans les conversations, mais tu n'es pas heureux. On ne se connaît pas depuis l'enfance, certes. Mais en revanche tu t'es peut-être plus confié à moi qu'à n'importe qui depuis un certain temps. Tu écris, c'est bien. C'est même très bien, et après ? Tu ne vis pas ta vie, Will, tu l'écris. Tu n'es pas ce personnage sombre à l'aspect androgyne poétique dont tu m'as tant parlé. Ta vie, tu l'as imaginée, construite à partir de choses qui t'ont été totalement inaccessibles. Tu aurais aimé grandir dans une famille fortunée, unie, heureuse. Tu aurais aimé vivre une enfance à travers le monde, avec des films de famille et tout ce qui va avec. Mais ta vie, ce n'est pas ça, Will. Tu n'as pas côtoyé de grandes universités où l'uniforme était de rigueur, tu n'as pas grandi comme cela, mais tu ne veux pas l'admettre. Tu préfères te construire une vie à la place. Te reconstruire une enfance, une situation afin de posséder une image auprès des gens. Mais est-ce cela le plus important dans la vie ? Ne penses-tu pas qu'il existe des choses plus importantes que cette image que tu souhaites donner aux gens ?

— Quel intérêt y aurait-il à dire la vérité quand celle-ci n'a rien d'éclatant ? Serais-je obligé de raconter une histoire qui n'a rien de joyeux et, surtout, qui n'a rien d'éblouissant ? L'envie, voilà ce qui nous fait avancer dans la vie.

— Et si tu n'avais réussi qu'à t'éblouir toi-même ? Et si cette lumière que tu souhaites communiquer aux autres sur ce que tu appelles ta vie n'avait eu pour résultat que de te rendre aveugle sur la réalité ? On ne peut pas mentir tout au long de sa vie, Will, et en prenant le risque de le faire, tu ne vas plus éblouir personne. Et le plus grave dans tout ça, c'est que tu auras réussi à perdre tous les gens qui sont autour de toi. Tout ton petit monde s'effondrera comme un château de cartes. Arrête de penser que les gens ont des relations uniquement par intérêt. Les hommes et les femmes peuvent s'apprécier et même s'aimer sans qu'aucun intérêt autre que le bonheur d'être ensemble n'intervienne. Mais ça, Will, tu refuses de le voir. »

Will se rapprocha de la fenêtre et regarda au loin.

« Maintenant je n'attends plus rien du tout. Je fais ce que j'ai à faire, sans attendre quoi que ce soit. Je suis fatigué d'attendre des choses. Et je peux te l'assurer, je ne pense plus tout à fait comme ça maintenant.
— Et la solitude ?
— Peut-être qu'elle et moi sommes intimement liés. Tu sais, j'ai encore des années à venir je pense... Des années pour voir les choses. Au-delà des apparences peut-être que j'arriverai à ne plus me faire d'illusions sophistiquées.
— Je t'en prie, ne te rends pas aveugle, Will. Tu ne me crois pas, mais je sais que tu fais ça à chaque fois. Ne t'enferme pas dans tes livres et tes pensées. Si je pouvais te soustraire à cette limite, je le ferais. Mais personne ne le peut, personne à part toi. Tu pourras courir, mais pas te cacher car tu sais que si tu le fais tu ne pourras que rester seul. »

Eleanor se leva, referma son manteau. Elle se rapprocha de Will, elle se rapprocha encore. Ils étaient face à face. Eleanor avança sa bouche près de l'oreille de Will, qui resta immobile le regard fixe.

« Je ne peux pas être la personne que tu attends que je sois, mais je ne t'abandonnerai pas. Ne fonce pas dans le mur, cette vie pourrait bien être notre dernière et nous sommes trop jeunes pour le voir. »

CHAPITRE VI

Du sang, de la bière mais pas de larmes

Will n'avait rien fait de sa journée. La visite d'Eleanor avait provoqué beaucoup de questionnements en lui. La principale question était : « Pourquoi est-ce que je foire tout ce que je fais ? » Il ne savait plus trop quoi penser, quoi faire. Will allait atteindre ses vingt-sept ans, et pourtant son regard était vieilli, ses traits étaient de plus en plus marqués. Où donc était passé ce visage si clair, cette peau si lisse ? Il ne se souvenait pas d'avoir déjà ressenti une telle sensation. Une sensation de manque, d'incompréhension, d'oubli peut-être même... Il se sentait fatigué, découragé, comme si tout échappait à son contrôle. Plus tard, lorsque la nuit était tombée, Will sortit. Il ne voulait pas rester seul. Une peur de la solitude qu'il traînait avec lui depuis l'enfance. La peur, omniprésente dans sa vie, de se croire même observé dans son sommeil par cette solitude. Elle serait là à ses côtés, bien éveillée, à monter la garde. Comme si personne ne devait l'approcher, le serrer, l'aimer. Pour toujours. Certaines nuits, plus jeune, Will se surprenait parfois à lui parler. Il entretenait une relation étrange avec elle, cette solitude. Comme un compagnon de route, un observateur de l'extérieur. Et à la fois un confident, une épaule contre qui s'appuyer les nuits d'insomnie. Jackie. C'était le nom que Will lui avait donné.

Ici dans la rue, à presque minuit, il savait. Il savait que Jackie le suivait, qu'elle était là, qu'elle l'observait. Il s'en foutait. Il avançait vers ce pub irlandais. Plus la distance se réduisait et plus il pouvait entendre la musique, les cris, les bruits de verre brisé sur le trottoir. Ce n'était pas un café chic où il pouvait boire un verre de vin assis tranquillement en terrasse à fumer une cigarette. C'était un pub qui empestait la bière brune, le tabac froid, la sueur et le sang. Des ouvriers qui n'espéraient plus rien, des hooligans animés par la soif d'en découdre et quelques tarés avec des croix gammées sur les bras et le corps, voilà la population très sympathique du lieu. Pourquoi se rendait-il là ? Pour y trouver un soupçon de virilité peut-être ? Ou alors juste se saouler et ensuite se foutre sur la gueule avec ces mecs... Qui savait vraiment ?

    Il entra dans le pub, la musique était forte, trop forte. À droite dans l'entrée, un mec était adossé contre le mur. Le genre de type que l'on ne regardait pas dans les yeux. Une veste en cuir noir qui descendait jusqu'en dessous des genoux, un bout de cigare qu'il tenait entre ses lèvres épaisses. Des mains grosses et que l'on devinait puissantes. Ce genre de type qui ressemblait étrangement à Göring, ou un autre de ces tarés. Will avança sans le regarder mais se sentait observé. Il s'approcha du bar, se posa au comptoir. Il commanda un whisky. Will n'aimait pas le whisky. Le mec de l'entrée avança et se dirigea lui aussi vers le comptoir. Will ne le regarda pas, il tourna la tête pour observer les murs. C'était un endroit crade, par endroits on pouvait encore voir des taches de sang sur les murs. Peut-être que c'était une mauvaise idée de se rendre ici, au final. Il ne finit pas son verre, posa un billet à côté du verre et se leva. Il s'éloigna du comptoir sans se retourner, ne regardant que devant lui. Il ne se sentait pas très bien. Dehors, il s'éloigna avec une démarche rapide, il allait boire un verre ailleurs.

Après avoir traversé près de trois ou quatre rues, Will se retrouva sur la place étudiante de la ville. Une tout autre ambiance. Ça criait beaucoup, ça chantait, du moins ça essayait. Il se rendit dans un pub où la musique avait l'air sympa. Il s'installa sur cette banquette de velours rouge. Il prit une bière. Il but une gorgée. C'était mieux que le whisky, pensait Will. Dans le fond du bar, un groupe de cinq ou six étudiants dansait. Ils rigolaient beaucoup, avaient sans doute trop bu, mais tout ça n'était pas important. Ce que Will voyait, c'était une bande de potes qui profitaient des bons moments, ou tout simplement des moments de la vie, dont ils se chargeaient ensuite de faire en sorte qu'ils soient bons. Will les regardait tout en buvant sa bière, de toute façon, il n'avait rien d'autre à foutre. En réalité, sans doute qu'il se faisait chier ici. Mais il n'était pas tout seul au moins. Il n'avait plus que ses pages et sa musique comme compagnie. Que ses tableaux et ses souvenirs en décor.

Will regardait avec insistance une fille du groupe d'étudiants. Enfin, son dos, depuis tout à l'heure il n'avait toujours pas vu son visage. Elle portait une robe noire qui s'arrêtait au-dessus des genoux, elle riait beaucoup, elle dansait à presque chaque chanson avec ce mec à côté d'elle. Il avait son bras par-dessus l'épaule de cette fille. Par moments, il lui disait des trucs dans l'oreille, et elle, elle rigolait. Un jeune couple peut-être ? Non, pas encore. Plus une approche qui touchait au but. À la transition entre deux chansons, la fille tourna la tête vers ce mec. Will allait pouvoir voir son visage dans quelques secondes. La fille se rapprocha du gars, elle l'embrassa. Ils s'embrassèrent pendant quelques secondes, il passa ses mains dans les longs cheveux bruns de la fille, lui caressa doucement la joue. Le type s'en alla dehors pour fumer une clope. La fille se retourna pour le suivre du regard, Will pouvait enfin apercevoir son visage.

    Will finit de boire une gorgée de bière, posa le verre et leva les yeux pour enfin découvrir son visage. Il ne s'attendait pas à ça. Il ne voulait pas voir ça. Cette fille qui paraissait si heureuse, si belle, c'était Claire. À ce moment-là, Will ne savait plus quoi penser. Au fond de lui, il savait qu'il ne pouvait rien dire, qu'elle était libre de vivre sa vie, qu'elle ne lui devait rien. Mais instinctivement, c'était la douleur qui était présente. La douleur de voir une personne que l'on avait beaucoup aimée s'amuser sans vous, rire sans vous, puis embrasser quelqu'un d'autre que vous. Il baissa la tête, essaya de ne pas y penser. Il ne voulait plus y penser. Cette rupture avait été difficile pour Will, il aimait Claire. Et maintenant ? Ce n'était plus de l'amour, que des souvenirs. Il finit sa bière, se leva pour sortir du bar.

« Will ? »

C'était Claire, elle l'avait vu quand il s'était levé.
« Comment ça va, Will ? Tu sors boire un verre ?
— Comme tu vois, lui répondit-il, l'air absent.
— O.K. Je sais pas trop quoi te dire... Tout va bien ?
— Ne t'inquiète pas pour moi, j'ai toujours fait en sorte que ça aille. Toi en tout cas, ça va, enfin d'après ce que j'ai vu !
— Tu veux dire quoi par là ?
— Nan rien, enfin tu t'amuses, tu danses, tu te tapes ce mec dehors. Enfin, tu profites, quoi...
— C'est bon, arrête là, lui répondit-elle énervée. Je serais obligée de prendre un air abattu devant toi ?! C'est ça ?! Tu m'emmerdes, Will ! Tu sais quoi, laisse tomber !
— C'est bon, ne t'énerve pas, Claire. »

Là, le mec qui était sorti fumer une clope revient.
« T'es qui, toi ? Qu'est-ce que tu lui veux ?
— Lâche-moi, toi. T'es gentil, mais on parle là. »

Le mec regarda Claire, elle lâcha un : « Putain c'est bon, j'me casse, je retourne avec les autres, moi ! » Will n'essaya pas de la retenir, il savait que ça ne servait à rien. Il se tourna vers la sortie. Au fond de lui, Will n'avait qu'une envie, exploser la gueule de l'autre connard. Lui qui débarquait comme une fleur, à draguer une fille qui, il y avait encore quelques mois, était en couple, vivait avec son mec... Mais Will ne fit rien. Il ne voulait pas faire ça. Pour lui, mais surtout pour Claire. Il savait qu'avec ça, il perdait tout espoir de la revoir. En fait, il avait déjà perdu espoir de la revoir, il savait qu'après ce soir, il n'aurait plus de nouvelles de Claire, déjà qu'il n'en avait pas beaucoup. Depuis leur rupture, c'était toujours Will qui prenait des nouvelles, comme si elle s'en foutait au final... Comme si elle avait tout oublié en si peu de temps.

Will retourna chez lui, le cœur en sang mais la tête vide. Il ne voulait pas y penser, ne plus y penser. C'était une décision difficile à prendre, ne plus penser à quelqu'un que l'on avait aimé. Beaucoup aimé. Mais peut-être que c'était mieux ainsi. Au fil de sa vie, Will avait appris au moins une chose. On peut se poser toutes les questions qu'on veut, se torturer l'esprit au point d'en avoir mal au ventre, mais au final on est toujours au même point. On n'a toujours aucun pouvoir sur ce que pense l'autre, sur ses sentiments...

Une fois chez lui, Will ouvrit la fenêtre, alluma une cigarette. Une douce musique l'accompagnait. Une chanson qui parlait de lumière rouge, de maquillage, de temps révolus. Depuis toujours, Will pleurait beaucoup. Mais ce soir, il n'y avait pas de larmes. Juste de la tristesse intérieure. Comme s'il ne voulait pas montrer à Jackie cette tristesse qui l'envahissait. Il ne voulait pas lui faire ce plaisir. Cette tristesse, il l'encaissa. Il ne l'écrirait pas, pas ce soir. L'écrire, c'était aussi la faire sortir. Il ne voulait pas de ça. Les souvenirs pouvaient s'effacer, les bons, mais aussi les mauvais. En revanche, les écrits restaient et ne pouvaient pas nous faire oublier. Oublier ce que l'on avait écrit et pourquoi on l'avait fait. Will avait changé. Il ne pleura pas. Ce soir, il y avait du sang, de la bière, mais pas de larmes.

CHAPITRE VII

Une chanson triste

Il était un peu moins de huit heures du matin, encore une fois, Will n'avait pas dormi. Aujourd'hui il avait mis une chemise, aujourd'hui il voulait passer voir sa mère. Ça faisait un moment qu'il n'était pas passé la voir. Des « j'ai des trucs à faire » ou d'autres « je suis pas dans le coin en ce moment » faisaient office d'excuses pour ne pas aller voir sa mère. Des fausses réponses, il le savait. Mais aujourd'hui, il n'allait pas prévenir. Il allait venir comme ça, sans rien attendre de particulier. Juste comme ça, pour discuter. Il mit son manteau, sortit dans la rue. Le soleil n'était pas encore totalement apparu. Il se dirigea vers la première station de métro, il avait sept arrêts jusqu'au quartier où sa mère vivait. Ensuite, il devrait marcher presque dix minutes, traverser cette zone commerciale, puis le stade de foot. Et enfin, il arriverait dans cette rue. Cette rue où les maisons se ressemblaient toutes, sans personnalité, sans charme particulier. Mais malgré tout, il s'y sentait bien. Il savait que même s'il n'y avait rien de particulier dans cette maison, il y trouverait un bon café, avec deux sucres, comme il l'aimait. Il franchit le petit portail de PVC blanc, il marcha ensuite dans l'allée, il sonna. Il entendit des bruits de pas dans l'escalier, la clé dans la serrure. Enfin, il vit sa mère. Elle aussi avait l'air fatiguée, mais elle avait le sourire. Le sourire d'avoir retrouvé son fils. Il entra, il posa sa veste sur une chaise dans le salon. Il regarda rapidement autour de lui. Rien n'avait changé. Il y avait toujours une pile de journaux sur la table basse, du linge à repasser de plus de deux semaines. Il sourit. Il se souvenait que cela l'énervait lorsqu'il vivait ici. Mais aujourd'hui, il s'en foutait, ça le faisait sourire. Il entra ensuite dans la cuisine. Sa mère était en train de presser des oranges et des citrons, le même geste que quand il était plus jeune. Il prit une tasse dans le placard. Comme à son habitude, sa mère avait préparé la table la veille. Un bol retourné sur le set de table, à l'intérieur, un sucre et demi. Une casserole remplie à moitié de lait pour ajouter au café, sur la table, du pain de la veille, un beurre trop dur à étaler, un pot de confiture de mûres. Des mûres qu'elle était allée chercher dans la forêt. Une confiture maison trop sucrée, trop liquide aussi. Mais une confiture qu'elle avait faite elle-même. Une confiture dont elle était fière. Peu de mots furent échangés avant que le café ne soit servi. La première parole que sa mère eut pour lui fut : « Tu fumes toujours ? » Pour ne pas lui faire de la peine, Will lui répondit avec un petit sourire : « Moins ». Elle sourit à son tour. Elle savait que c'était faux, mais elle ne voulait pas de tension, pas aujourd'hui. Quelques minutes s'écoulèrent avec peu de mots. On pouvait même entendre le bruit de la cuillère qui remuait le café, ou encore le chat qui s'étirait sur le sol à côté de la fenêtre. Il avait grossi, ce chat, pensait Will. Et quand le chat aperçut un petit objet sur le sol, il se mit à

s'amuser avec, le croquer, le lancer avec sa patte. Il joua comme ça jusqu'au salon. « Il est con ce chat. » Voilà ce que pensait Will, ce qu'il avait toujours pensé.
« Ça va, Will ? Tu es en train d'écrire un nouveau livre en ce moment, non ?
— J'essaye, tu sais, ça prend du temps, c'est pas comme écrire une liste de courses... Il lui sourit. Et toi, comment vas-tu ? Tu as l'air fatiguée. Tu dors bien ?
— J'ai mal à mon bras, le médecin m'a prescrit des médicaments, mais je ne veux pas en prendre de trop, j'ai du mal à dormir avec. »

Ça faisait longtemps qu'ils n'avaient pas discuté aussi simplement. Intérieurement, ça faisait de la peine à Will de voir sa mère comme ça. Il aurait aimé lui parler de Claire, mais il ne voulait pas lui faire du mal. Et Eleanor, il ne pouvait tout simplement pas lui en parler. Personne ne savait pour les sentiments de Will à l'égard d'Eleanor. Même Eleanor, il n'était pas certain qu'elle le sache. De toute façon, elle n'aurait sans doute pas compris. Elle n'aurait pas pris Will au sérieux. Ou alors, elle se serait moquée de lui. Elle aurait dit un truc du genre : « Tu ne peux pas, Will. Tu te tortures encore avec Claire et tu viens vers moi. Tu as besoin de quelqu'un et donc tu te tournes vers moi. » C'était vrai que, dit comme ça, on aurait pu croire qu'il en était bien ainsi... Mais en réalité, Eleanor n'imaginait pas ce que Will avait ressenti après ce restaurant d'un soir d'automne. Il ne s'était rien passé de particulier ce soir-là, et pourtant. Et pourtant...

Will finit son café, mit la tasse dans l'évier. Il regarda sur le buffet de la cuisine. Des factures, des partitions, un vieux disque de l'opéra *Samson et Dalila*. Will aimait cet opéra populaire. Il aimait surtout « Mon cœur s'ouvre à ta voix », cet air à succès chanté par Dalila dans l'acte deux.

Il monta ensuite dans sa chambre, il ouvrit les volets. Ils étaient restés fermés trop longtemps. Sa mère le rejoignit. Ils s'assirent tous les deux sur le bord du lit.

« Je sais que tu n'es pas heureux, Will. Tu sais, avec moi, ça ne sert à rien de faire semblant. Le temps m'a fait apprendre tes expressions, tes regards. Je ne sais pas ce qui se passe, je n'ai probablement pas à le savoir. Je sais que tu n'es pas heureux seul. Tu sais, moi non plus. Mais tu sais, la vie est dure. Être amoureux pour de vrai, aimer et vivre éternellement dans le cœur de l'autre, c'est une bataille longue et difficile. Apprendre à prendre soin l'un de l'autre, faire confiance dès le commencement... Moi, je n'ai pas réussi non plus. »

Will ne voulait pas pleurer. Il sentait comme une chaleur monter. Mais il ne voulait pas pleurer. Il se contenta de parler à son tour.
« Tu sais maman, j'ai essayé de réparer les pots cassés, maintenant j'essaye de lutter contre les larmes. Les gens disent que le bonheur est un état d'esprit, ils ont raison ? J'en sais rien. Tu sais, je ne serai jamais le fils que tu aurais tant aimé. Je n'aurai pas cette vie posée, cette vie avec des goûters en famille le dimanche après-

midi, pour finir par faire des croque-monsieur maison le soir et les partager tous ensemble. Comme avant. Tout comme toi, j'ai profondément mal à l'intérieur, mais je n'ai pas ta force. Je n'ai pas cette force de sourire au quotidien tout en ayant ça à l'intérieur. Maintenant, je suis en attente de quelque chose qui n'arrivera jamais. Tu sais, j'ai l'impression de passer ma vie entière à courir après quelque chose que je n'arrive toujours pas à trouver. J'essaie de faire face au jour d'une nouvelle manière, autrement qu'à travers le fond d'une bouteille. »

Sa mère lui prit une main.
« Je vois à quel point c'est dur pour toi. Je sais que dans ces moments-là, même si des gens sont présents autour de nous, il nous manque toujours quelque chose. Quelqu'un. Ce que je vais dire ne sert à rien et en plus, je déteste ce genre de phrases, mais tu es jeune, Will. Tu as encore des années à vivre. Le temps ne peut pas te détruire, je ne veux pas qu'il te détruise. Je ne peux pas te donner de

conseils, mais en revanche j'ai appris une chose pendant ma vie. Il vaut mieux avoir des remords que des regrets, Will. Je ne sais pas ce que tu vis, ce que tu penses et à qui tu penses. Mais par contre, Will, tu ne dois pas avoir de regret. Que ce soit dans tes actes comme dans tes paroles. Tu te dois d'être honnête avec toi-même. Cela te rendra meilleur, les remords sont des fragments de notre vie, les regrets peuvent être un précipice. Je ne veux pas que tu construises un monde autour de la tristesse. Il y a des gens à la recherche de l'amour dans tous les sens. C'est un chemin et un combat difficile, mais si tu le fais par amour, pour l'amour, tu pourras alors te retourner et regarder en arrière. Sinon, regarder en arrière ne t'apportera que de la souffrance et de l'amertume. »

Will embrassa sa mère. Il lui serra fort les doigts, il ne voulait pas partir, et pourtant il le fallait. Elle aussi, elle le savait, il fallait qu'il parte. Il fallait que Will aille construire sa vie, sa place n'était plus ici. Il se leva, laissa sa mère derrière lui, assise au bord de son lit. Lui descendit l'escalier, reprit son manteau. Il sortit. Dehors, il aperçut le voisin, un léger signe de tête et un sourire s'échappèrent de son visage. Will marcha, marcha. Il ne pensait à rien, il avait juste cette chanson dans la tête. Cette chanson qui parlait d'un marin. Un marin qui était parti en laissant sa femme sur la terre. Une femme qui espérait le revoir après cette absence. Cette absence de plus. Cette chanson lui faisait penser à sa mère. Il reviendrait la voir. Il reviendrait grâce à cette chanson. Une belle chanson. Une chanson triste.

CHAPITRE VIII

Une amie intime

Will avait l'impression de revenir d'un voyage dans le temps. Il semblait un peu ailleurs, mais la tête remplie d'envies. Depuis longtemps, il ne s'était trouvé en pareil accord avec lui-même. On aurait dit qu'il savait désormais avec une grande clarté ce qu'il devait faire. Comme s'il avait changé de personnalité, de vision. Les choses semblaient se préciser de plus en plus, s'ordonner, il en était même étonné.

D'abord, il décida d'inviter à dîner un ami. Un copain de l'université avec qui il s'était toujours très bien entendu. Envie de le voir, d'échanger.

L'invitation ravit son ami Tobias : « C'est sympa, mec. La prochaine fois c'est moi qui t'invite ! » Will rit, il n'y aurait peut-être pas de prochaine fois. Will allait aussi lui annoncer qu'il comptait partir. Il ne savait pas encore où, mais il voulait changer d'air. S'éloigner un peu de tout ça. Mais ça, il n'allait pas le lui dire tout de suite.

Ensuite, Will alla chez le libraire. Il ne voulait pas acheter de livre, juste sentir cette odeur, l'odeur du papier, cette légère odeur de poussière qui flottait au-dessus des tables d'exposition. Mais en chemin, il passa devant cette nouvelle galerie d'art. Elle avait ouvert il y avait seulement quelques jours. Il n'y connaissait rien en art ni en peinture. Mais il trouvait les galeries reposantes. Il entra.

Très vite, il comprit que ce n'était pas une galerie ordinaire. Ce lieu réunissait surtout des toiles, des dessins d'étudiants en école d'Art. Les fonds récoltés serviraient à payer des voyages d'études ou des trucs de ce genre. Will avançait d'une démarche lente entre les allées. Certains tableaux ne lui faisaient pas lever les yeux, en revanche dans un coin de mur en briques rouges un tableau l'interpella. Il pencha sa tête vers la droite pour regarder autrement le tableau, puis un peu sur la gauche. Il s'intéressait à chaque détail du tableau. La marque du pinceau dans les angles, le balayage du pinceau, toutes ces choses pour lesquelles il n'avait aucune compétence. Ce tableau représentait l'œil de Londres, avec en fond un magnifique ciel couleur vanille. La grande roue était représentée de face. En son centre, le mécanisme avait été remplacé par la représentation d'un œil humain. Comme si le message de la roue était : « Vous pouvez fuir, ne pas vous retourner, mais je vous suis et je vous observe. » Will se dirigea à l'accueil de la galerie et acheta le tableau.

Il repartit avec ce tableau de près d'un mètre sur cinquante centimètres sous le bras, soigneusement emballé pour ne pas prendre le risque de le détériorer. Après quelques mètres, il prit finalement un taxi, pas envie de porter le tableau jusqu'à chez lui. Dans le taxi, il le garda derrière, avec lui, comme s'il ne voulait plus le lâcher, le perdre.

Chez lui, il posa délicatement le tableau sur le canapé. Il ouvrit un tiroir. Il devait bien y avoir un crochet qui traînait quelque part, pensa-t-il. Il chercha, ne trouva pas. Il ne voulait pas aller en acheter. Il regarda autour de lui. Des vieux cartons non déballés de son dernier déménagement traînaient encore par endroits. C'était volontaire. Peut-être que ça vous parle… ou pas. Parfois, ne pas voir ce qu'était la vie d'avant, c'est mieux.

Finalement, il décrocha un tableau du mur. Un tableau de cette actrice qu'il aimait beaucoup à une époque. Sur ce tableau, il n'y avait que son visage, une mèche de cheveux devant l'œil gauche, un regard lointain, on pouvait deviner en le regardant une chevelure légère, une peau douce et des lèvres fines. Mais il l'enleva. Ça aussi, ça représentait sa vie d'avant.

Il accrocha son nouveau tableau, l'ajusta pour qu'il soit à peu près à niveau, fit un pas en arrière. De nouveau, il pencha sa tête à droite, puis à gauche. Il le regarda encore, fit comme un signe d'approbation et s'éloigna dans l'appartement.

L'heure était venue, Tobias était là. Il était agréable, ce dîner, ce dîner improvisé. Will se surprit même à prendre du plaisir à le préparer, faire en sorte qu'il soit bon et beau. Il y avait comme un petit air de célébration dans la pièce. Du vin avait été débouché, les verres étaient remplis. On pouvait sentir une légère odeur de saumon, de vin blanc et de fruits. Un léger parfum de vie, même... Will sortit ses beaux couverts et ses verres à pied. Il voulait que ce soit beau.

Cela faisait longtemps qu'il n'avait pas préparé à manger comme ça. Pour le plaisir. Il se souvint de l'époque où il aimait préparer le repas avec Claire. Pour lui, la préparation d'un repas était un moment de complicité, de voyage, de partage. À l'époque, les rires, les petites moqueries étaient de rigueur, il y avait encore un parfum d'amour, de communion autour d'eux. C'était des bons moments. Avec ce dîner, Will voulait oublier rien que pour ce soir cette tristesse du quotidien. Cette tristesse qui nous prend lorsque nous n'avons plus le goût de nous faire à manger.

Aujourd'hui, étrangement, ce manque, cette tristesse n'était pas présente. Comme par magie... Will installa Tobias, son ami, à sa droite à table. « C'est la première fois que je viens manger chez toi. C'est sympa en tout cas. » Will sourit sans rien dire, versa un peu de vin à Tobias.
« Tu prépares un voyage, Will ? »

Will le regarda avec étonnement. Comment Tobias savait-il ? Il n'en avait parlé à personne.
« Pourquoi tu demandes ça ?

— Généralement, une enveloppe pleine de billets sur une table c'est un indice... » dit-il avec un petit sourire.

Will regarda avec insistance l'enveloppe. « Et merde... » pensa-t-il.
« Effectivement, Tobias, je compte partir. Je ne sais pas où ni pour combien de temps. Envie de voir autre chose.

— Tu as des soucis en ce moment ? T'as l'air songeur quand tu en parles. Je sais que je ne suis pas grand-chose, mais tu sais, si tu veux en parler tu peux. Mon portable est rarement éteint le soir... »

Will sourit, il frappa un léger coup dans l'épaule de Tobias. Il ne dit rien, sourit juste. Il ne comptait pas répondre à ce que Tobias venait de lui dire, mais au fond de lui, Will avait trouvé un soupçon de soulagement. Il savait. Il savait qu'il pouvait s'appuyer sur Tobias si la pente était trop raide, le chemin trop étroit.

La soirée se déroula comme une soirée entre deux bons amis qui se retrouvent. Le vin défilait aussi vite que les souvenirs. Les rires se faisaient de plus en plus forts. Il n'y avait aucun artifice, simplement de l'amitié. La plus belle.

Tobias partit vers deux heures du matin. Il ne conduisait pas. Du haut de son appartement, à sa fenêtre, Will fumait une clope, le regarda monter dans le taxi. Il le regardait comme si c'était la dernière fois. La dernière avant longtemps. Mais ce soir, comme les autres soirs, Will n'était pas vraiment seul. Il savait qu'il était observé, il le sentait. C'était Jackie. Il sentait sa présence, juste là près de lui. « Alors Jackie, ça va aujourd'hui ? Tu dois te faire chier, des soirs comme celui-ci, non ? Ça t'emmerde, nan ? De voir que je ne suis pas seul, que je partage des choses. »

Il se passa une chose étrange à ce moment-là. Will était toujours à la fenêtre, regardant la rue, mais il sentait plus qu'une présence mentale. Il était réellement là, physiquement. Will entendit un verre bouger sur la table, le bruit du bouchon de vin, puis le verre se remplir. Il ne voulait pas se retourner. Il ne voulait pas voir celui qui avait toujours été à ses côtés. Celui qui le connaissait mieux que personne. « C'est dommage que tu n'aies pas mis le vin au frais, le blanc tiède est moins bon. Mais bon, ça ira. Tu ne m'accompagnes pas ? Allez, Will, viens, on peut discuter autour d'un verre de vin. Tu aimes bien ça, généralement. Tu veux peut-être me dire des choses ? »

Will écrasa sa cigarette, la jeta dans la rue, un mec gueula. Il l'avait sans doute reçue sur la tête. Il s'en foutait. Il ferma la fenêtre, essaya de regarder dans la vitre s'il pouvait y distinguer un reflet. Rien. Pourtant, il était là, à quelques mètres de lui. Il respira, il se retourna. Il était bien là. Assis dans le canapé de cuir marron. Il s'avança, s'assit à son tour. Jackie lui tendit un verre de vin. Il prit le verre, le regarda.

« Tu es comme je t'imaginais, lança Will à Jackie.

— Je sais. En même temps, c'est toi qui m'as créé. Je suis la représentation que tu as voulu que je sois. Je n'ai pas toujours eu cette apparence. Un vieil homme, une femme avec des cheveux bleus, et maintenant ce quinquagénaire aux cheveux gris, aux rides marquées. Un look de psy… de père, peut-être même… J'évolue en même temps que toi. Chacun de tes gestes, chacune de tes pensées me transforment, me renforcent, me font évoluer. Mais tu es en train de changer, Will. Tu as déjà essayé dans le passé, mais à la première déception tu redevenais celui que tu avais toujours été. Ce garçon cérébral, ce garçon avec une peur obsessionnelle de la solitude. Tu as toujours eu un problème avec la solitude, Will, avec moi. Pourquoi ? »

Will le regarda, prit une grande gorgée de vin. La situation, tout aussi étrange et irréaliste soit-elle, paraissait désormais banale pour Will. Il ne se posait pas de questions. Ne se demandait pas comment tout ça pouvait exister. Ne se demandait pas s'il était en train de rêver.

« La solitude… Ce n'est pas à toi que je vais raconter ça… Tu m'accompagnes depuis toujours ou presque… Je ne sais pas. Je ne sais pas pourquoi. Peut-être que je me servais de ça comme excuse dans des moments désagréables pour ne pas changer, pour ne pas voir la vérité en face. Tu sais, c'est tellement plus facile de se cacher derrière toi. Et tu as ce pouvoir, ce pouvoir de faire en sorte que nous te masquons par autre chose. Pour moi, c'est l'écriture, ça l'a toujours été… Pour d'autres, c'est la drogue… Il y a quelque chose de plus poétique dans l'écriture.

— Te souviens-tu, Will, de ma première apparition ? Quelle question... Évidemment, tu t'en souviens. Tu avais à peine dix ans. C'était une fin d'après-midi, un été. Il faisait un temps magnifique. Un temps à sortir jouer dehors pour un gosse de dix ans. Mais ce jour-là, toi, tu ne jouais pas. Tu n'étais pas dehors. Tu étais dans ta chambre. Il faisait plutôt froid, et sombre. La petite fenêtre ne laissait pas vraiment entrer le soleil. À l'étage, dans la cuisine, il y avait une dispute. Ton père. Toujours ton père. Tu ne savais pas pourquoi cette dispute existait. Tu ne voulais pas le savoir, tu ne le voulais plus. Tu entendais les cris, les bruits de vaisselle se brisant sur le sol, sur les murs, peut-être même sur ta propre mère. Sans doute... Ce jour-là, tu n'as pas pleuré, tu as écrit. Ton premier texte. Un texte sans sens particulier, sans logique véritable. Un texte instinctif, un texte d'un môme de dix ans... »

Will se leva, regarda le nouveau tableau qu'il avait acheté le jour même. Il ne voulait pas répondre à Jackie. Il ne voulait plus penser à cette époque. Même s'il devait beaucoup de choses à son père, l'écriture notamment, Will n'avait jamais pardonné les actes du passé. Il n'en tirait aucune satisfaction particulière, mais c'était comme ça. Il ne le pouvait pas, par respect pour sa mère très certainement.

« Tu as changé, Will. Depuis peu, mais tu as changé. Tu ne veux plus te morfondre. Tu te dis que tu n'as pas le droit. Tu commences à regarder la vie avec tes yeux et non plus à travers tes sentiments ou tes écrits. Tu vas mieux, Will. Maintenant, tu ne veux garder que le meilleur du passé. Tu te dis que ça, au moins, personne ne pourra jamais te l'enlever. Ces doux souvenirs... J'ai toujours connu le moindre de tes rebondissements, et maintenant que tu ne te poses plus beaucoup de questions, c'est moi. Je réfléchis, Will. Peut-être que maintenant je n'ai plus grande utilité.

Tu sais, avant tu te réfugiais dans des images, des musiques. J'avais l'apparence que tu voyais sur certaines pochettes d'album, dans certains films. Mais maintenant, tu n'imagines plus rien pour moi. »

Will se tourna vers Jackie, il ressentait maintenant presque de la tendresse pour lui. Comme si, comme s'il existait vraiment. Pourtant, il le savait, Jackie n'était là que grâce à son imagination. Mais peut-être que ce soir, il ne voulait pas chercher de logique. Il avait l'impression de discuter avec quelqu'un de proche, qui avait toujours été là. Une personne qu'il avait détestée, qu'il avait essayé de fuir. Et maintenant ? Maintenant, il avait peut-être peur. Peur de ne plus sentir sa présence. Will le regardait dans les yeux. Il savait qu'il ne pouvait rien faire, qu'il ne devait rien faire, car c'était une étape importante dans sa vie. Le jour où sa peur de la solitude s'en allait. Le jour où il se retrouvait en accord avec lui-même.

« Je vais y aller, Will. Tu ne ressentiras plus ma présence. Je vais partir loin, tout comme toi, et pourtant on ne se reverra pas. Au début, tu vas peut-être trouver ça étrange, moi aussi. Tout au long de ta vie, j'ai appris de toi en t'observant, Will. Je ne devais pas t'apprécier, m'attacher à toi. Mais il y a certaines choses que l'on ne maîtrise pas. Si, de là où je serai, je peux guider ton esprit, te faire avancer même dans l'obscurité, je le ferai. Je vais y aller, maintenant. Je n'ai plus rien à faire ici. Au revoir, Will, sache que même si tu m'as toujours détesté, je quitte aujourd'hui quelqu'un d'important, quelqu'un de bien. »

Will ferma les yeux, une fine larme s'échappa de son œil gauche. Une seule, une unique larme. Quand il ouvrit à nouveau les yeux, Jackie n'était plus là. Il n'y avait plus qu'un seul verre sur la table, la bouteille de vin avait repris son niveau initial, il était parti.

Will sourit, il savait que Jackie était parti. Il savait aussi que ce soir, en se couchant, il penserait à lui, à ces années. Car la solitude pouvait être notre pire ennemie. Mais elle pouvait aussi être, après tant d'années, une amie, une amie intime.

CHAPITRE IX

Un dernier au revoir

Il était un peu plus de midi, cette nuit, Will avait dormi, bien dormi. Comme si son corps était en manque de sommeil, qu'il devait se renforcer. En ouvrant les yeux à son réveil, Will savait, il savait pourquoi il avait si bien dormi. Il ne sentait plus cette pression de la solitude, ce sentiment de manque, de besoin. Sa situation n'avait strictement rien de différent par rapport aux jours précédents, et pourtant. Et pourtant, il se sentait différent. Moins vulnérable. Ce qui s'était passé hier soir, cette discussion avec Jackie, avait fait changer beaucoup de choses en lui. Il ne voulait plus regarder derrière. Il avait une envie d'ailleurs, une envie de changement. Un nouvel environnement, sans but précis, juste pour le plaisir, pour le changement. Il prit une petite valise à roulettes qui se trouvait dans son placard, la remplit de quelques vêtements, des affaires de toilette. Rien de vraiment précis. Un minimum. Il prit une douche, s'habilla avec une tenue un peu passe-partout. Il n'avait encore aucune idée d'où il allait aller. Tout ce qu'il voulait, c'était s'éloigner. Bien sûr, il y avait l'Angleterre, avec sa culture qu'il aimait tant, son atmosphère, l'Italie, son architecture, le parfum de l'histoire... Mais il ne voulait pas tout ça, il ne le voulait plus. Il voulait juste se sentir bien, retrouver un certain calme naturel, une sensation de bien-être.

Will quitta son appartement, déposa la clé au concierge. Il ne donna pas plus d'indications sur sa date de retour, sa destination. Il lui avait juste dit : « Je reviendrai. » Le concierge ne posa aucune question. Au fond, lui et Will ne se connaissaient pas. Ils se croisaient, se lançaient un « bonjour » une fois de temps en temps. Rien de plus. Will quitta l'immeuble avec sa valise et prit la direction de l'aéroport.

Dans le taxi, Will regardait les rues défiler, ces rues qu'il connaissait bien, il ne voulait pas les oublier, mais juste les laisser derrière lui, pour quelque temps. Il reviendrait. Il reviendrait quand il serait prêt. Avant de partir, Will posta une lettre pour sa mère. Cette lettre expliquait les raisons de son départ, lui expliquait qu'il ne l'abandonnerait pas, mais qu'il ne voulait pas être contacté. De toute façon, il avait jeté son téléphone dans une poubelle de la rue voisine à son immeuble. Un geste simple et pourtant lourd de sens. En faisant cela, Will avait entrepris son processus. Son processus de changement. Il ne voulait plus apporter de l'importance aux choses qui n'en avaient pas. Ces choses artificielles qu'il avait pendant longtemps, trop longtemps, adulées.

Quand le taxi arriva à l'aéroport, dehors le temps se couvrait. De gros nuages commençaient à apparaître, le vent froid provoquait une drôle de sensation sur sa peau. Une sensation douloureuse, comme des lames de rasoir. Will ne rentra pas tout de suite dans le hall de l'aéroport. Il regarda le taxi s'en aller, s'alluma une cigarette. Il se perdait dans ses pensées lorsque

d'un coup il ressentit comme une petite tape sur son épaule gauche. Il n'avait pas besoin de se retourner pour savoir de qui il s'agissait. Malgré cette odeur de cigarette et de gaz d'échappement, Will avait reconnu ce léger parfum fruité. Ce parfum qu'il avait appris à connaître, à reconnaître. Eleanor.
« On peut se parler, Will ? »

Il se retourna, il la regarda. Elle avait une légère larme qui coulait dans le coin de son œil gauche. Une fine larme qui rendait son visage encore plus beau qu'il n'était à l'origine. Le rajout d'une certaine tendresse, sans doute. Will lui sourit, ne lui parla pas. Il lui montra un café dans le hall, d'un signe de tête. Elle approuva d'un autre signe de tête. Ils se dirigèrent ensemble, sans échanger aucun mot. Will n'avait pas prévu cette discussion, il ne voulait pas y prêter une importance démesurée. Du moins, il voulait essayer de ne pas le faire. Après le silence, les mots arrivèrent. Eleanor lui demanda s'il avait des projets, ce qu'il comptait faire maintenant. Will prit une grande inspiration et tourna la tête vers la grande vitre au fond du hall. Celle qui donnait sur la piste. Il ne savait pas quoi répondre à cette question. Au fond de lui, Will avait sans doute envie de lui répondre qu'il n'avait pas plus de destin que ses écrits. Mais il ne le fit pas. Il ne voulait pas montrer des signes de faiblesse face à Eleanor.

« Will, je sais que c'est étrange, mais j'ai mal dormi cette nuit. J'ai réfléchi. Peut-être que je n'ai pas eu les bons mots avec toi. Je sais que tu as souffert, à cause de plein de choses, de moi aussi. Mais je ne veux pas que tu te caches, que tu t'en ailles juste dans le but de fuir, de ne plus te souvenir. »

    Will la regarda, se mordit légèrement la lèvre inférieure. Regardant Eleanor, il laissa échapper un petit sourire. À ce moment précis, il avait le choix. Il pouvait répondre qu'il ne faisait pas ça pour fuir, mais juste changer d'air, ou alors il répondait en faisant face à l'imprévu. En faisant face à Eleanor et sa présence ici aujourd'hui. Ce sourire, ces cheveux noirs qui lui tombaient sur l'épaule, ses joues brillantes, sans doute à cause du froid qu'elle ressentait encore. Il resta quelques secondes à la regarder. Il se perdit pendant quelques secondes, qui lui parurent des heures, dans son regard.

« Tu sais, cette nuit a été une nuit des plus calmes, Eleanor. À croire que je me suis résigné au silence, après tout ce qui s'est passé. C'est quand même impressionnant cette faculté que j'ai à foirer tout ce que je fais... »

Will rigola. Les nerfs, très certainement. Eleanor le regardait, les yeux grands ouverts, comme si elle le voyait différemment aujourd'hui. Comme si elle voulait lui dire quelque chose.

« Sans doute que j'ai merdé à un moment, lors de nos rendez-vous. Sans doute que je n'ai pas saisi une opportunité, genre la balle au bond, quoi... Je veux réconcilier les choses, les sentiments. Je ne promets pas de te rendre heureux, mais je veux découvrir ce que c'est que d'être auprès de toi. Il m'a fallu du temps pour comprendre ce que tu avais en tête. Je voyais surtout que tu voulais de moi plus que ce que je voulais t'apporter. Je ne voulais pas regarder la vérité des sentiments. Je sais que le bonheur n'arrivera pas comme ça, juste après cette discussion, mais peut-être qu'on pourrait essayer de construire quelque chose qui y ressemble. Le paradis a un prix que je ne peux encore m'offrir, mais j'essaierai d'apprendre à faire sans, et qui sait, un jour peut-être il deviendra plus accessible. Je n'attends pas de cadeaux au quotidien, je n'ai pas de prix et tu le sais. Je ne demanderai rien d'autre que de l'honnêteté. Je ne peux, quant à moi, te promettre de l'amour, mais laissons le temps au temps. Je ne sais pas de quoi il sera fait, je ne veux pas le savoir. Les projets ne doivent pas exister, je ne suis pas de celles qui acceptent l'enfermement. »

    Will la regardait dans les yeux avec insistance. Il semblait ne pas comprendre grand-chose à cette discussion. Il sourit, il semblait s'en foutre complètement. Il se leva,

Eleanor le suivit. Ils retournèrent devant l'entrée du hall. Eleanor lui prit la main, ils avancèrent tous les deux. Will ne partirait pas aujourd'hui. Il ne s'assiérait pas dans cette salle d'embarquement, il ne laisserait pas derrière lui cette ville. Et pourtant... Il savait bien que rien n'était acquis, mais pour autant il voulait croire, il voulait croire en ce qui pouvait arriver. Le temps ne serait plus un ennemi, mais un élément pour se repérer. Il savait qu'il avançait sans pression, sans projets fixes, juste avec l'envie de vivre les jours comme ils venaient.

Ils avançaient tous les deux, s'éloignaient de plus en plus. Moi j'étais là, je le regardais partir. Je me devais de le quitter autrement qu'après cette discussion autour d'un verre de vin. Peut-être que lui et moi nous nous reverrions, plus tard, peut-être. Peut-être pas. Quand je le vis partir avec la main d'Eleanor autour de la sienne, je me dis que je n'avais plus ma place. La solitude n'avait plus lieu d'être. Jackie ne devait plus être là, je ne devais plus être là. Je n'étais pas fait pour être présent tout au long de sa vie, heureusement. Et si le temps faisait qu'il se retrouvait seul face à lui-même, il savait. Il savait qu'il lui suffirait d'écrire quelques lignes pour que sa solitude réapparaisse, que je revienne près de lui.

En attendant, il profitait de ces moments avec elle. Ces moments tant désirés.

Ces désirs non révélés.

FIN

Lettre ouverte

Tu es à l'origine de tout ça, je ne peux que te remercier pour ça. Tout a commencé un soir autour de cette table de restaurant. À ce moment j'ai su, j'ai su que tu allais inspirer ce texte. Tu n'as rien fait pour cela, ta présence ce soir-là a suffi. Ce n'était qu'un simple repas, et pourtant depuis tout a changé. Tu as réussi à apporter ce second souffle qui me manquait, cette lumière qu'il me fallait pour me faire ouvrir les yeux. Je suis si peu de choses, je le sais, c'est sans doute mieux comme ça, ça évite des complications, des ambiguïtés. Mais sache que je te remercie, sans toi rien de tout ça n'aurait commencé. Merci, merci d'avoir été là, au bon moment, sans raison précise. Ce livre est aussi le tien, ce n'est pas le plus grand, le plus beau, mais c'est aussi le tien.

© 2014, Nicolas Schumacher
Edition : BoD - Books on Demand
12/14 rond-point des Champs Elysées, 75008 Paris
Imprimé par Books on Demand GmbH, Norderstedt, Allemagne
ISBN : 9782322035304
Dépôt légal : Janvier 2014